# CATALOGUE

D'UNE

## BELLE COLLECTION

# D'OBJETS D'ART

DE

# CURIOSITÉ

ET

# D'AMEUBLEMENT

Tabatiéres, Bonbonniéres, Bijoux & Miniatures des époques
Louis XV & Louis XVI; belle Orfévrerie du temps de Louis XVI;
Flambeaux & Girandoles en argent; Porcelaines anciennes de
Sèvres, de Saxe & de Chine; Faïences Italiennes & Françaises;
beaux Bronzes d'Ameublement; Lustre en cristal de roche;
Meuble de Salon garni en tapisserie; Cabinets Italiens; grands
Meubles incrustés d'ivoire; Meubles des époques Louis XV
et Louis XVI.

# TAPISSERIES

DONT LA VENTE AURA LIEU

# HOTEL DROUOT, SALLE N° 2

## Les Jeudi 23, Vendredi 24 & Samedi 25 Avril 1868, à 2 heures.

Par le ministère de **M<sup>e</sup> ESCRIBE** Commissaire-Priseur,
rue Saint-Honoré, 217,
Assisté de M. **CHARLES MANNHEIM**, Expert, rue Saint-Georges, 7,
*Chez lesquels se distribue le présent Catalogue.*

## EXPOSITIONS

PARTICULIÈRE, le Mardi 21 Avril 1868

PUBLIQUE, le Mercredi 22 Avril 1868

de une heure à cinq heures.

# PARIS — 1868

RENOU & MAULDE

IMPRIMEURS DE LA COMPAGNIE DES COMMISSAIRES-PRISEURS

Rue de Rivoli, 144.

# CATALOGUE



D'UNE

## BELLE COLLECTION

# D'OBJETS D'ART

DE

# CURIOSITÉ

ET

# D'AMEUBLEMENT

Tabatières, Bonbonnières, Bijoux & Miniatures des époques
Louis XV & Louis XVI; belle Orfévrerie du temps de Louis XVI;
Flambeaux & Girandoles en argent; Porcelaines anciennes de
Sèvres, de Saxe & de Chine; Faïences Italiennes & Françaises;
beaux Bronzes d'Ameublement; Lustre en cristal de roche;
Meuble de Salon garni en tapisserie; Cabinets Italiens; grands
Meubles incrustés d'ivoire; Meubles des époques Louis XV
et Louis XVI.

# TAPISSERIES

DONT LA VENTE AURA LIEU

# HOTEL DROUOT, SALLE N° 2

## Les Jeudi 23, Vendredi 24 & Samedi 25 Avril 1868, à 2 heures.

Par le ministère de **M<sup>e</sup> ESCRIBE** Commissaire-Priseur,
rue Saint-Honoré, 217,
Assisté de M. **CHARLES MANNHEIM**, Expert, rue Saint-Georges, 7,
*Chez lesquels se distribue le présent Catalogue.*

## EXPOSITIONS

PARTICULIÈRE, le Mardi 21 Avril 1868.

PUBLIQUE, le Mercredi 22 Avril 1868

de une heure à cinq heures.

## PARIS — 1868

# ORDRE DES VACATIONS

## LE JEUDI 23 AVRIL 1868



## LE VENDREDI 24 AVRIL 1868



## LE SAMEDI 25 AVRIL 1868



## CONDITIONS DE LA VENTE

Elle sera faite au comptant.

Les Acquéreurs paieront CINQ POUR CENT en sus du prix d'adjudication.

# DÉSIGNATION

# DES OBJETS

## Bijoux et Tabatières.

1 — Belle Boîte du temps de Louis XVI, de forme oblon-
gue à angles coupés, en or guilloché émaillé gros bleu,
et ornements ciselés relevés de filets d'émail blanc.
Le dessus est enrichi d'un repoussé sur or, représentant les Arts libéraux.

2 — Boîte ovale du temps de Louis XVI, en or guilloché
émaillé vert, avec application de feuillages d'or et
cordons ciselés émaillés vert émeraude. Le dessus est
orné d'un médaillon peint sur émail représentant un
groupe de quatre figures.

3 — Petite Boîte ovale du temps de Louis XVI en or
émaillé gros bleu, avec application d'or et bandes
d'émail blanc décorées d'arabesques. Le dessus présente une peinture sur émail ; Sujet champêtre.

4 — Boîte de forme carré-long à angles coupés en or
émaillé gros bleu et ornements gravés. Le dessus
est enrichi d'une peinture sur émail entourée d'un
rang de demi-perles. Travail de Genève du temps de
Louis XVI.

5 — Boîte ronde en écaille galonnée d'or. Elle est enrichie de deux jolies miniatures, par Klingstet ; celle du dessus, peinte en grisaille, représente l'Oiseau mis en cage ; l'autre rehaussée de couleurs, représente un groupe de trois personnages.

6 — Bonbonnière ovale en cristal de roche, taillée à cuvette et montée à gorge en or ciselé.

7 — Petite Boîte en ancienne porcelaine de Saxe, décorée de fleurs, montée à gorge à charnière en cuivre doré.

8 — Boîte carrée en cuivre doré ; le dessus est formé d'une peinture sur émail représentant un sujet tiré de l'histoire romaine.

9 — Boîte ronde en lave ornée d'une mosaïque de Rome représentant une lyre et des papillons.

10 — Drageoir de forme, ovale en ivoire piqué d'argent et orné à l'intérieur d'un groupe de deux figures peintes en miniature. Monture en argent gravé. Époque Louis XIV.

11 — Deux pièces. Petite Boîte Louis XV en cuivre repoussé et doré et Bonbonnière en écaille blonde, ornée d'un fixé.

12 — Étui de forme ovale, du temps de Louis XVI, en or de couleurs ciselé et guilloché. Étui en galuchat.

13 — Souvenir porte-tablettes en ivoire, garni en or ; il est enrichi de deux miniatures dont l'une représente le roi Louis XV, jeune. Étui en galuchat.

14 — Étui porte-flacon en vernis de Martin, décoré de figures d'enfants dans des paysages. Monture en argent. Les ustensiles manquent.

15 — Jolie petite Boîte en forme de soulier, **en** émail de Saxe, décoré de fleurs.

16 — Petite Coupe de forme allongée en cristal de roche, taillée à cannelures.

17 — Deux pièces. Couvercle de Boîte en émail de Saxe, et portrait de femme, peint sur émail.

18 — Petite Coupe ronde en émail cloisonné à fleurs, sur fond bleu turquoise.

# Orfévrerie.

19 — Gobelet de forme évasée, en argent gravé, doré en partie. Il est décoré de mascarons, de figures et d'ornements. — Travail allemand du XVIIe siècle.

20 — Vidrecome à une anse, en argent repoussé à figures et doré en partie. — Il représente des sujets tirés de l'Ancien Testament. — Travail allemand du XVIIe siècle.

21 — Lampe de suspension en argent repoussé à ornements et fleurs, enrichie de 3 têtes de chérubins, en ronde-bosse. Époque Louis XIII.

22 — Deux beaux Flambeaux du temps de Louis XIV, en argent, finement gravés à ornements et pieds à huit pans.

23 — Pot à eau et sa Cuvette en argent, finement ciselé à festons de lauriers et ornements. Travail français du temps de Louis XV.

24 — Belle Écuelle avec couvercle et plateau en argent ;
le bouton du couvercle est formé d'une rose. Époque
Louis XV.

25 — Autre Écuelle, en argent repoussé, à ornements rocaille. Le couvercle est surmonté d'un groupe : Enfant
chasseur. Travail italien du temps de Louis XV.

26 — Porte-huilier du temps de Louis XVI, en argent,
à ornements ciselés.

27 — Deux autres Porte-huiliers, en argent repoussé et
ciselé, de même époque.

28 — Sucrier avec plateau du temps de Louis XVI, à
ornements et fleurs en relief. Intérieurs en verre bleu.

29 — Deux Sucriers à saupoudrer, en argent repoussé,
à fleurs et ornements rocaille. Époque Louis XV.

30 — Deux Girandoles à quatre lumières en argent, à
ornements repoussés et ciselés de style Louis XV.

31 — Boîte ronde en argent repoussé. Le pourtour représente des figures d'enfants, jouant dans des rinceaux, et le dessus offre les figures des trois Grâces.
XVIe siècle.

32 — Deux Bouts de table et trois Salières en argent,
modèle rocaille. Époque Louis XV.

33 — Moutardier du temps de Louis XVI, en argent estampé à figures et festons de fleurs ; intérieur en verre
bleu.

34 — Deux petits Vases à couvercles en argent ciselé à
ornements. Travail oriental.

35 — Corbeille en argent à fleurs et ornements estampés
et découpés à jour.

36 — Coupe ronde à deux anses en argent gravé, sup-
portée par une figurine d'Amour.

37 — Corbeille à anse mobile, et à six lobes repoussés à
ornements. Travail allemand de style oriental. XVII<sup>e</sup>
siècle.

38 — Autre petite Corbeille en argent gravé. Travail al-
gérien.

39 — Petite Table en argent repoussé, formant bougeoir.

40 — Cinq Cuillères en argent, doré en partie, les man-
chessont formés de figurines d'Amours et d'ornements. Travail allemand moderne.

41 — Tire-bouchon en argent formant cachet.

42 — Deux Flambeaux en plaqué anglais, modèle à tré-
pied du temps de Louis XVI.

## Miniatures, Émaux.

43 — Jolie peinture sur émail, par Thouron, 1785. Portrait de femme en riche costume de l'époque.

44 — Jolie Peinture sur émail, signée Cotteau ; portrait
de Stanislas, roi de Pologne.

45 — Médaillon ovale, portrait de femme sur émail.

46 — Plaque carrée, portrait de jeune fille, peinture sur porcelaine, d'après Rembrandt.

47 — Miniature ovale sur vélin, portrait de l'une des filles de Louis XV.

48 — Miniature ovale sur vélin : Vénus et l'Amour.

49 — Miniature de forme carré long sur ivoire : enfant couché et endormi près d'une corbeille de fruits.

50 — Plaque ovale peinte en grisaille sur fond noir par Pierre Noualher. Elle représente sainte Geneviève et son troupeau.

51 — Triptyque russe représentant des sujets saints peints en couleur sur fond d'or.

# Porcelaines de Sèvres.

52 — Deux Seaux, grandeur moyenne, en ancienne porcelaine de Sèvres, pâte tendre, décorés de fleurs et filets bleus.

53 — Charmant petit Cabaret, en ancienne porcelaine de Sèvres, pâte tendre, décoré de festons de fleurs en couleurs et de feuillages émaillés bleu. Il se compose de quatre Tasses avec Soucoupes, de forme arrondie, une Théière, un Pot à crème et un Sucrier.—Époque Louis XV.

54 — Petite Tasse à deux anses et à couvercle, en porcelaine de Sèvres, pâte tendre, fond bleu de Vincennes et médaillons-paysages.

55 — Petite Tasse de forme analogue à celle qui précède, en porcelaine de Sèvres, pâte tendre, fond bleu turquoise et médaillons de fleurs.

56 — Sucrier et Tasse en ancienne porcelaine de Sèvres, pâte tendre, décorés d'oiseaux en camaïeu rose.

57 — Sucrier de forme arrondie, en ancienne porcelaine de Sèvres, pâte tendre, décoré de festons de fleurs, avec entredeux émaillés bleu turquoise et ornements d'or.

58 — Tasse en ancienne porcelaine de Sèvres, pâte tendre, de forme droite, décorée de festons de fleurs, sur fond bleu turquoise relevé d'or.

59 — Petite Tasse, forme droite, en ancienne porcelaine de Sèvres, pâte tendre, décorée de branches de roses, et entre deux à mille raies bleues et rosaces d'or.

60 — Écuelle avec Plateau, en porcelaine blanche de Sèvres, pâte tendre.

# Porcelaines de Saxe
# et d'Allemagne.

61 — Cabaret en ancienne porcelaine d'Allemagne, décoré de sujets dans le style de Téniers. Il se compose de douze Tasses avec Soucoupes et quatre grandes Pièces.

62 — Deux petits Plateaux, forme feuille, en ancienne porcelaine de Saxe, décorés de figures d'enfants en camaïeu carmin, et bords émaillés vert.

63 — Petite Écuelle avec Plateau en ancienne porcelaine de Saxe, décorée de fleurs.

64 — Groupe en ancienne porcelaine de Saxe : Léda, le
Cygne et l'Amour.

65 — Deux Pintades en ancienne porcelaine de Saxe.

66 — Neuf Groupes et Figurines en porcelaine de Saxe
et d'Allemagne, qui seront vendus séparément.

67 — Deux petits Flambeaux en ancienne porcelaine de
Saxe, modèle rocaille à fleurs en relief.

68 — Jardinière à quatre lobes en ancienne porcelaine
de Chine, décorée de fleurs émaillées en couleur.

69 — Cabaret en porcelaine blanche de Vienne, enrichie
de fleurs en relief. Il se compose d'un plateau à ga-
lerie à jour, de deux tasses et de quatre grandes pièces.

70 — Deux Verrières en ancienne porcelaine de Frankenthal, décorées d'oiseaux et d'ornements à qua-
drilles émaillés vert et bleu.

71 — Soupière en ancienne porcelaine de Saxe à bords
gaufrés décorée de fleurs et à anses formées de bran-
chages et de fleurettes en relief.

72 — Quatre Tasses trembleuses en ancienne porcelaine
de Saxe à ornements gaufrés et décorées de fleurs.

73 — Deux autres Tasses en ancienne porcelaine de Saxe
décorées de paysages et monuments.

74 — Cabaret en ancienne porcelaine de Frankenthal,
décoré d'oiseaux. Il se compose de deux cafetières et
six tasses avec soucoupes.

75 — Six Tasses et six Soucoupes en ancienne porcelaine
d'Allemagne, décorées d'oiseaux dans des paysages.

76 — Deux Pièces : Sucrier en ancienne porcelaine de
Saxe et Theière en porcelaine de Furstenberg.

77 — Trois Assiettes en ancienne porcelaine de Saxe, à
fleurs gaufrées en relief et bouquets émaillés en couleurs.

78 — Deux autres belles Assiettes en ancienne porcelaine de Saxe, décorées de fleurs et bords découpés à
jour.

# Porcelaines de Chine et du Japon.

79 — Garniture de cinq pièces : Potiches et Cornets à
pans, en ancienne porcelaine du Japon décorée d'ani-
maux chimériques, d'arbustes et d'ornements en
bleu, rouge et or. Les couvercles sont surmontés de
figurines de femmes debout.

80 — Sept Assiettes en ancienne porcelaine du Japon,
décorées en bleu, rouge et or.

81 — Trente Tasses et six Soucoupes en ancienne porcelaine de Chine et du Japon, qui seront vendues par
lots.

82 — Deux belles Bouteilles en ancienne porcelaine de
Chine, émaillée bleu lapis et décor d'or.

83 — Deux Vases de forme cylindrique, analogues à ceux qui précèdent.

84 — Petite Potiche en ancienne porcelaine du Japon, à décor en bleu, rouge et or.

85 — Petit Vase en ancienne porcelaine de Chine, modèle balustre à pans, décoré de fleurs en couleurs.

86 — Deux petits Plats ronds en ancienne porcelaine du Japon, à décor en bleu, rouge et or.

87 — Trois Compotiers en même porcelaine et de décor analogue.

88 — Plat rond et creux en porcelaine du Japon, décoré de fleurs et d'ornements en bleu, rouge et or.

89 — Plat rond de même porcelaine, présentant au centre un écusson armorié.

90 — Plat rond en porcelaine du Japon, à décor en camaïeu bleu, rosaces et fleurs.

91 — Deux petits Vases en ancienne porcelaine de Chine, fond bleu lapis à médaillons de fleurs et d'oiseaux, décorés en camaïeu bleu sur fond blanc.

92 — Deux Soupières de forme ronde, à couvercle, en ancienne porcelaine de Chine, décorées de figures émaillées en couleur.

93 — Deux Poissons fantastiques en porcelaine de Chine émaillée en couleur, et formant porte-bouquets.

94 — Deux Poussahs en ancien blanc de Chine.

95 — Chimère en ancienne porcelaine de Chine émaillée vert et jaune.

96 — Petite Jardinière en ancienne porcelaine de l'Inde, décorée de fleurs en couleurs et or, et portant un écusson armorié.

97 — Plat rond et creux en ancienne porcelaine de Chine, décoré d'un paysage et de fleurs émaillés en couleur.

98 — Groupe en terre émaillée : Chinois assis et Chimère.

99 — Deux Assiettes en ancienne porcelaine de Chine, décorées de fleurs et d'ornements émaillés en couleurs.

100 — Grand Plat rond et creux en porcelaine moderne du Japon.

101 — Deux Vases à décor d'arbustes et d'oiseaux en relief, en camaïeu bleu sur fond vert à œils de perdrix.

102 — Deux Potiches à couvercles en ancienne porcelaine du Japon, à décor en camaïeu bleu, à compartiments renfermant des vases de fleurs et des arbustes.

103 — Deux Vases analogues à ceux qui précèdent, décorés d'arbustes et d'oiseaux en camaïeu bleu.

# Faïences Italiennes.

**104—120** — Dix-sept Jolis Plats en ancienne faïence de
Savone, décorés de sujets mythologiques et autres
tirés de la Genèse, en camaïeu bleu, et portant un
écusson armorié émaillé en couleur.

Ils seront vendus séparément.

**121** — Deux Plats en faïence de Castelli; l'un de form
ovale représente un saint évêque debout, l'autre deux
figures de saintes femmes.

**122** — Grande Vasque à couvercle de forme ovale, en
faïence de Venise, décorée de paysages et enrichie
d'ornements en relief découpés à jour. Les anses sont
formées d'un ruban.

**123** — Vase à deux anses et à couvercle, en faïence de
Venise, décoré de figures et de paysages.

**124** — Plat rond en faïence d'Urbino, décoré de grotesques
en couleurs sur fond blanc et présentant à son centre
une figure de sainte Cécile.

**125** — Autre Plat rond en faïence d'Urbino, décoré de
grotesques en couleurs sur fond blanc.

**126** — Jolie Coupe ronde festonnée, en faïence d'Urbino,
décorée de rinceaux sur fond bleu et sur fond jaune.
Elle présente à son centre une figure d'ange ailé.

**127** — Plateau en faïence italienne de forme octogone, à
rinceaux découpés à jour, et présentant au centre une
figure d'Amour.

128 — Plateau analogue à celui qui précède, décoré en camaïeu bleu, et paysage au centre.

129 — Coupe ronde à bords festonnés en faïence italienne, décorée de grotesques et d'une figure de Minerve au centre.

130 — Plateau rond décoré de grotesques sur fond blanc et d'un buste de femme au centre.

131 — Plat rond en faïence de Savone à bords festonnés et ornements en relief, décoré de figures en camaïeu bleu.

132 — Plat rond analogue à celui qui précède, décoré de figures de cavaliers.

133 — Plateau ovale à ornements découpés à jour et médaillon paysage en camaïeu bleu.

134 — Deux Assiettes en faïence de Savone, décorées de figures en camaïeu bleu.

# Faïences Françaises.

135 — Fontaine et son bassin en ancienne faïence de Moustiers, décorée de sujets mythologiques, de fleurs et d'ornements en couleurs sur fond blanc.

136 — Petit Vase à deux anses double serpents, décoré en camaïeu bleu. Faïence de Nevers.

137 — Deux Plateaux ronds à côtes, décorés d'un buste de personnage costumé à l'orientale et d'un berger en camaïeu bleu rehaussé de jaune d'or.

138 — Deux Vases de forme ovoïde, à anses têtes fantastiques et à enroulements en ancienne faïence de Nevers, décorés de paysages de style chinois en camaïeu bleu. L'un d'eux présente sur l'une de ses faces le blason de France surmonté de la couronne royale.

139 — Deux petites Jardinières porte-bouquets, décorées de paysages et de figures en couleurs.

140 — Vase en forme de perroquet debout, émaillé en couleur.

141 — Vase à anse en forme de panier de fleurs, en faïence décorée en couleurs et or, à fleurs en relief.

142 — Grand Groupe en faïence de Lorraine représentant les cinq parties du monde.

143 — Trois Jardinières en faïence de Lorraine, décorées de fleurs en couleurs et ornements d'or.

144 — Écuelle et Assiette en faïence de Moustiers, à décor dans le style de Callot, en camaïeu jaune.

145 — Sept Assiettes en faïence de Moustiers, de décors variés.

# Verrerie.

146 — Lot de Verrerie de Bohême, Plateaux, petits Vases, etc.

147 — Petit Plateau en verre opalin de Venise.

148 — Petite Coupe ronde à pans, en verre de Venise incolore chevronné d'émail blanc, jaune et rouge.

149 — Petit Vase en verre bleu de Venise, en forme de coquille, à goulot rond à pans.

150 — Deux Hanaps en verre de Venise incolore et filets d'émail bleu.

151 — Neuf petits Verres de Bohême, à décor d'or.

152 — Dix autres Verres dont trois décorés de sujets émaillés.

## Sculptures.

153 — Terre cuite. — Projet de monument à élever à Maurice de Saxe. La figure repose sur un piédestal carré à consoles aux angles et présentant sur sa face une peau de lion retenue par des festons de lauriers.

154 — Ivoire. — Aiguière dont la panse présente en haut-relief le Triomphe de Neptune et d'Amphitrite ; l'anse à enroulement est soutenue par un triton. Travail très-fin dans le style du XVIIe siècle.

155 — Ivoire. — Groupe de trois figurines : Vénus et Amours.

156 — Ivoire. — Deux autres petits Groupes : Hercule et figure de Femme assise.

157 — Terre cuite. — Deux Statuettes, par **Sauvageau** : Vielleuse et Danseur.

158 — Ivoire. — La Vierge debout et l'Enfant Jésus.

159 — Marbre blanc : Vénus au papillon, portant la signature de Pradier et Lequesne.

160 — Marbre blanc. Deux jolis petits Bustes d'enfants. Travail moderne dans la manière de Pigalle.

161 — Ivoire. — Tableau sculpté en haut-relief, représentant la Fuite en Égypte. — Travail de la fin du xviᵉ siècle. Dans un cadre à moulures en ébène, enrichi d'incrustations d'ivoire sur écaille.

# Bronzes d'art.

162 — Deux Statuettes équestres en bronze : personnages en riches costumes du temps de Louis XIII. Socles en marbre bleu turquin.

163 — Deux Bustes d'empereurs romains; bronzes italiens du xviᵉ siècle.

164 — Statuette en bronze : Cléopâtre debout. Travail français du temps de Louis XVI.

165 — Trois Statuettes en bronze doré : Figures casquées et Cérès debout. Travail italien du xviiᵉ siècle.

166 — Quatre Bas-reliefs en bronze, représentant des sujets mythologiques. Travail italien du xviiᵉ siècle.

167 — Plat ovale en cuivre repoussé, à médaillon à personnages et bords décorés de groupes de fruits et de bustes.

168 — Petit Vase en bronze imitant la vannerie. Travail japonais.

169 — Jolie petite Pendule allemande de forme carrée, en cuivre finement ciselé et doré et à dôme surmonté d'une figure de Neptune. xvi^e siècle. Socle en bois noir incrusté de pierres diverses.

170 — Vase en forme de balustre carré, à deux anses, et ornements en relief. Travail chinois.

## Bronzes d'Ameublement.

171 — Régulateur de cheminée à cage, de style Louis XVI, en bronze finement ciselé et doré au mat et vermeil. Mouvement à échappement visible et balancier compensateur.

172 — Deux très-grands Candélabres du temps de Louis XVI, formés de vases en marbre blanc, montés à anses à mascarons et guirlandes de fleurs en bronze finement ciselé et doré au mat. Ils sont garnis de bouquets de lys à cinq branches porte-lumières en bronze doré.

173 — Deux Chenets du temps de Louis XVI en bronze doré à l'or moulu, formés de vases montés sur socles enrichis de festons de laurier. — Des lions couchés reposent sur les galeries.

174 — Deux beaux Bras-Appliques du temps de Louis XVI
en bronze finement ciselé et doré au mat. Ils sont
formés de trois branches à rinceaux, rattachées à un
thyrse entouré de branches de vigne par une draperie.

175 — Deux autres beaux Bras du temps de Louis XVI en
bronze ciselé et doré à l'or moulu. Ils sont formés de
trois fortes branches à rinceaux reliées par des peaux
de lion et surmontées de vases.

176 — Deux Bras du temps de Louis XV en bronze doré
à l'or moulu, modèle rocaille à deux lumières.

177 — Deux très-petits Bras, modèle Régence, à deux
lumières, en bronze doré, travail de l'époque.

178 — Deux Bras à deux lumières, modèle Loius XIV.

179 — Petite Pendule de voyage du temps de Louis XVI
en bronze doré, mouvement à sonnerie à répétition et
à réveil.

180 — Joli Lustre à douze lumières richement garni de
cristaux de roche.

181 — Lot de Cristaux de roche pour lustre.

182 — Deux Bras-appliques à une lumière en bronze doré
du temps de Louis XIV, ornés de bustes en ronde bosse.

183 — Cartel Louis XV en bronze doré modèle rocaille,
mouvement de Munié à Paris.

184 — Deux Jolis Chenets du temps de Louis XV en bronze
doré, modèle rocaille, surmontés de perroquets.

185 — Petite Pendule de voyage en bronze doré du temps
de Louis XVI, mouvement à sonnerie, répétition et
réveil.

186 — Petit Lustre modèle flamand à douze Lumières.

# Meubles.

187 — Meuble de salon Louis XVI en bois sculpté peint
en blanc, garni de tapisseries d'Aubusson à sujets
champêtres, avec figures sur fond vert et draperies
rouges. — Il se compose d'un Canapé, six Fauteuils
et un Fauteuil plus grand.

188 — Grand Meuble Louis XIII, à deux corps, en marqueterie de bois à fleurs, et tiroirs plaqués d'étain.
Le bas ouvre à deux portes et le haut, garni de
tiroirs, forme cabinet.

189 — Belle Console, style Louis XIV, en bois sculpté
et doré, reposant sur huit pieds droits, ornés de
mascarons et entrejambes, surmonté d'un vase de
fleurs.

190 — Cabinet sur sa table-support, plaqué d'écaille,
enrichi de colonnes torses et garni de bronzes dorés.
Travail italien du xvii$^e$ siècle.

191 — Cabinet analogue à celui qui précéde. Celui-ci
est enrichi de peintures sur verre, à fond d'or. Mêmes
travail et époque.

192 — Petit Meuble à deux portes vitrées en marqueterie de cuivre, sur fond d'ébène et garni de bronze
doré. Époque Louis XIV.

193 — Petit Meuble à hauteur d'appui en marqueterie de
bois du temps de Louis XIII, et à porte vitrée.

194 — Coffre à bijoux en bois d'ébène incrusté de filets
d'ivoire et enrichi de plaques d'ivoire gravé représentant des sujets tirés de l'Ancien Testament. Son

couvercle est surmonté d'une figurine d'enfant couché, en ivoire. — Table-support à quatre pieds et
entre-jambes en bois noir découpé à jour.

195 — Petit Tabouret de forme ovale, en bois sculpté et
doré, à pieds de biche et festons de lauriers.

196 — Très-grand Meuble à deux corps fermant à quatre
vantaux et enrichi de colonnes détachées. Son orne-
mentation se compose de riches incrustations d'ivoire
gravé sur fond noir représentant des figures de
femmes, des corbeilles de fleurs, des arabesques et
des rinceaux. Travail italien dans le style de la Re-
naissance.

197 — Bureau surmonté d'un casier à tiroirs en bois noir
incrusté d'ivoire gravé. Travail italien du xvıᵉ siècle.

198 — Deux Petites Tables consoles de même style, de travail moderne.

199 — Trois Grands Fauteuils en bois sculpté à dossiers
élevés de forme carrée, garnis en moquette ; les bois
datent du temps de Louis XIV.

200 — Deux Fauteuils analogues à ceux qui précèdent,
mais plus petits.

201 — Petite Glace Louis XIII à fronton avec bordure à
compartiments en glace, et appliques en cuivre repoussé et découpé à jour.

202 — Coffret en mosaïque composé de rosaces et d'ornements en ivoire, cuivre et bois noir.

203 — Console du temps de Louis XIV en bois sculpté à
pieds carrés décorés de mascarons et entrejambes,
surmonté d'un vase.

204 — Pendule, forme dite religieuse, en marqueterie des
trois parties écaille, étain et cuivre et garnie de
bronze doré, mouvement de Gaudron à Paris.

205 — Glace carrée à biseau dans un cadre surmonté d'un
fronton, garni d'appliques à fleurs et rinceaux en
cuivre estampé découpé à jour.

206 — Petite Pendule et son socle-support en marqueterie de cuivre et écaille, garnis de bronze doré. Époque Louis XV.

207 — Joli Escabeau en bois sculpté à cariatides d'enfant
et à rinceaux. xvie siècle.

208 — Autre Escabeau en bois sculpté à cariatides de
femmes et branches de vigne. xvie siècle.

209 — Six Grands Fauteuils en bois sculpté garnis en cuir
de Cordoue.

210 — Deux Fûts de colonne en marbre noir veiné de
blanc, et moulures en marbre rouge de Flandre.

211 — Petit Meuble bonheur du jour fermant à cylindre,
en marqueterie de bois de rose et rosaces de couleur,
garni de bronze ciselé et doré au mat. Style Louis XVI.

212 — Bureau à cylindre et à deux tiroirs en marqueterie
de bois à damier, trophée de musique et fleurs. Époque Louis XV.

213 — Guéridon rond en racine de buis garni de bronze
doré avec dessus en malachite.

214 — Encoignure du temps de Louis XVI en marqueterie
de bois à trophée de musique et dessus de marbre

215 — Petite Glace carrée avec bordure et fronton en
glace gravée à figures et ornements.

216 — Belle Commode à trois rangs de tiroirs en marqueterie de bois à fleurs et rinceaux, garnie de bronzes dorés. Époque Louis XIII.

217 — Petite Table à ouvrage en bois de placage, ouvrant à tiroirs et compartiments. Époque Louis XV.

218 — Meuble à deux corps et sept rangs de tiroirs en bois laqué sur fond rouge. Époque Louis XV.

219 — Jolie petite Glace carrée à biseau, dans un cadre riche en bois sculpté et doré à rinceaux et ornements découpés à jour.

220 — Deux Appliques à fond de glace et encadrement rocaille en bois sculpté et doré.

221 — Table carrée en marqueterie de bois à fleurs et pieds à colonnes torses. Style Louis XIII.

222 — Petite Commode à deux tiroirs en bois de placage garnie de bronze et dessus de marbre.

223 — Bureau à X en marqueterie d'écaille rouge et cuivre. Époque Louis XIII.

224 — Pupitre italien en bois d'ébène enrichi d'incrustations d'ivoire gravé.

225 — Régulateur du temps de Louis XV en bois de placage garni de bronze doré. Mouvement de Gallonde à Paris.

226 — Bahut à hauteur d'appui en bois sculpté à figures et ornements.

227 — Deux Portières formées de tapisseries de Flandre à sujets de personnages et doublées en reps.

Renou et Maulde, Imprimeurs de la Compagnie des Commissaires-Priseurs, rue de Rivoli, 144.          12754

RED. :

19

MIRE ISO N° 1
NF Z 43-007
**AFNOR**
Cedex 7 - 92080 PARIS-LA-DÉFENSE

graphicom